Antes y ahora

por Mary Lindeen

Tabla de contenidos

Consultora:
Adria F. Klein, Ph.D.
California State University, San Bernardino

capstone classroom
Heinemann Raintree • Red Brick Learning
division of Capstone

Inventos

Todo cambia. Tú creces y cambias. Te ves diferente. Tienes ideas nuevas y pruebas cosas diferentes. Igual les pasa a las otras personas. Así es como nacen los **inventos**.

Los inventos nuevos parecen grandes ideas para la época. Cambian la manera de vivir de las personas. Las personas se acostumbran a los cambios. Entonces aparece otro invento y parece una idea aún mejor. Esta es la historia de algunos inventos importantes.

Se hizo la luz

Hace mucho tiempo, las personas usaban velas o lámparas de gas cuando oscurecía. No era fácil ver durante la noche.

Entonces un científico inventó la **bombilla eléctrica**. Daba una luz más brillante que la llama. A las personas les fue más fácil trabajar, leer y jugar de noche. Cambió la vida de las personas.

Háblame

Hace mucho tiempo, las personas tenían que escribirse cartas si deseaban "hablar" con alguien que vivía lejos. Entonces Alexander Graham Bell inventó el teléfono en 1876.

Durante muchos años, los teléfonos tenían cables que se conectaban a la pared. Entonces se inventaron los **teléfonos celulares**. ¡Ahora podemos usar los teléfonos en cualquier lugar!

Caballos de fuerza

Hace mucho tiempo, las personas viajaban de un lugar a otro a caballo. Cabalgaban o iban en carretas tiradas por caballos. Podía llevar varios días ir de una ciudad a otra.

Entonces se inventaron los vehículos con motor. Ahora pueden ir más lejos y más rápido. Es más rápido y fácil ir de un lugar a otro. Viajar y trabajar fue aún más fácil a medida que se inventaron más vehículos.

A comer

Hace mucho tiempo, las personas cocinaban su alimento sobre fogatas. Entonces se inventaron las cocinas de leña. Cocinar se hizo más fácil y seguro. Entonces se inventó la cocina de gas. Eso hizo que cocinar se volviera aún más fácil y seguro.

Entonces apareció la cocina eléctrica, que hizo que cocinar fuera aún más rápido. En la actualidad, las personas usan **hornos de microondas**. Los alimentos se cocinan en unos pocos minutos.

¡Sonrían!

Hace mucho tiempo, la única manera de tener una imagen de alguien era dibujando o pintando. Hacia el año 1800, se inventaron las cámaras. Eran muy grandes y complicadas de usar. Solo pocas personas sabían hacerlo.

Ahora usamos cámaras **digitales**. Son fáciles de usar y podemos tomar muchas clases diferentes de fotos. En la actualidad, la mayoría de las personas tienen cámaras. Incluso existen pequeñas cámaras dentro de los teléfonos celulares y de las computadoras.

¿A pie o en bici?

Hace mucho tiempo, las personas tenían que caminar o andar a caballo cuando querían viajar una distancia corta. Entonces se inventaron las bicicletas. Las primeras bicicletas tenían ruedas delanteras muy grandes y asientos de madera.

En la actualidad, las bicicletas son mucho más seguras y cómodas. Tienen asientos acolchados y frenos. Vienen en muchos estilos y colores. También andan rápido. ¡Por suerte alguien inventó los cascos!

Glosario

bombilla eléctrica bulbo de vidrio con un filamento interno que brilla y brinda luz cuando lo atraviesa la electricidad

digital grabar texto, imágenes o sonido en un formato que puede usarse en una computadora

horno de microondas horno eléctrico pequeño que usa ondas de radio para cocinar rápidamente los alimentos

invento una máquina o un dispositivo nuevo que se fabrica según la idea de alguna persona

teléfono celular teléfono inalámbrico que usa ondas de radio para enviar y recibir llamadas

Actividad suplementaria

Pida a los niños que imaginen cómo será la vida dentro de 100 años. ¿Cómo viajaremos? ¿Cómo serán las casas? ¿Cómo nos divertiremos? Invite a los niños a dibujar o escribir sus ideas sobre la vida del futuro. Compare la vida actual con la vida que los estudiantes imaginan para el futuro. ¿Qué creen que cambiará? ¿Qué creen que quedará igual? ¿Por qué piensan así? Luego hable sobre la conexión entre el libro *Antes y ahora* y esta actividad. Ayude a que los niños comprendan la conexión entre el libro y la actividad. (En una época, los inventos como la bombilla eléctrica o el automóvil podrían haber sido improbables o revolucionarios así como las predicciones de los niños sobre el futuro podrían parecernos improbables hoy).

Palabras de repaso

bicicletas
caballo
cámara
cambia
científico
ideas
luz
vehículos
velas
viajar

Wonder Readers en Español

Estudios sociales

Acerca del libro

Descrubran al leer *Antes y ahora* cómo los inventos tales como la bombilla eléctrica o el automóvil han cambiado nuestro modo de vida.

Para los padres y maestros

El programa de lectura *Wonder Readers* se adhiere a los estándares nacionales de ciencias, estudios sociales y matemáticas. El texto de estos libros se ha estructurado específicamente para ayudar a los lectores principiantes mediante el uso de fotografías estrechamente relacionadas con el texto y glosarios o listas de palabras de repaso. Cada libro presenta temas de gran interés y está perfectamente nivelado para apoyar al lector según su nivel de lectura. Los lectores principiantes progresan cuando se les presentan libros que les interesan y que están escritos a su nivel.

capstone classroom

Heinemann Raintree • Red Brick Learning
division of Capstone www.capstoneclassroom.com

ISBN 978-1-4296-9126-0

9 781429 691260

9000